GRANDES CLÁSSICOS

O Essencial dos Contos Russos

© Sweet Cherry Publishing

The Easy Classics Epic Collection: Eugene Onegin. Baseado na história original de Alexander Pushkin, adaptada por Gemma Barder. Sweet Cherry Publishing, Reino Unido, 2021.

Dados Internacionais de Catalogação na Publicação (CIP)
Angélica Ilacqua CRB-8/7057

Barder, Gemma
    Eugene Onegin / baseado na história original de Alexandre Pushkin ; adaptada por Gemma Barder ; tradução de Talita Wakasugui ; ilustrações de Helen Panayi. - Barueri, SP : Amora, 2022.
    128 p. : il. (Coleção Grandes Clássicos : o essencial dos contos russos)

ISBN 978-65-5530-432-9

1. Ficção russa I. Título II. Pushkin, Alexandre III. Wakasugui, Talita IV. Panayi, Helen V. Série

22-6616   CDD 891.73

Índices para catálogo sistemático:
1. Ficção russa

1ª edição

Amora, um selo da Girassol Brasil Edições Eireli
Av. Copacabana, 325, Sala 1301
Alphaville – Barueri – SP – 06472-001
leitor@girassolbrasil.com.br
www.girassolbrasil.com.br

Direção editorial: Karine Gonçalves Pansa
Coordenação editorial: Carolina Cespedes
Tradução: Talita Wakasugui
Edição: Mônica Fleisher Alves
Assistente editorial: Laura Camanho
Design da capa: Helen Panayi e Dominika Plocka
Ilustrações: Helen Panayi
Diagramação: Deborah Takaishi
Montagem de capa: Patricia Girotto
Audiolivro: Fundação Dorina Nowill para Cegos

Impresso no Brasil

Eugene Onegin

Alexander Pushkin

amora

OS ONEGINS

Eugene Onegin
Jovem rico

Tio Onegin
Tio de Eugene

Guillot
Criado de Eugene

Vladimir Lensky
Amigo de Eugene

OS LARINS

Dimitry Larin
Chefe da família

Tatyana Larin
Filha

Olga Larin
Filha

Zaretsky
Entusiasta de duelos

CAPÍTULO UM

Eugene Onegin era jovem, bonito, rico... e entediado.

Ele levava uma vida com a qual a maioria das pessoas na Rússia sonhava. Morava em uma casa grande, cheia de móveis caros, no centro de São Petersburgo. Usava roupas finas e comia a melhor comida. Dormia até o meio-dia e depois passava o dia se preparando para o que quer que a noite trouxesse.

Eugene era frequentemente convidado para jantar com as

pessoas ricas e importantes de São Petersburgo. Na verdade, dificilmente ele jantava em casa.

O único problema era que Eugene estava entediado. Embora fosse apenas um jovem, ele se cansara de tantas festas. Cansara-se dos bailes deslumbrantes e jantares luxuosos. Nada parecia deixá-lo feliz.

A família de Eugene tinha tanto dinheiro que ele nunca trabalhou um único dia, mesmo aos 25 anos.

A única coisa que Eugene fazia, além de participar de eventos sociais, era cuidar de seu tio, que havia se mudado de sua grande propriedade no interior para a casa de Eugene para ser cuidado pelo sobrinho. Ele não tinha outra família.

— Como está seu tio? — perguntou a anfitriã a Eugene, no jantar para o qual ele fora convidado certa noite. A mesa estava cheia de pratos reluzentes, copos de cristal, candelabros e lindas flores.

— Está na mesma, obrigado. A enfermeira me disse que ele está confortável — disse Eugene, inclinando-se sobre a decoração de mesa para dar sua resposta.

— Você é tão bondoso — disse uma jovem que estava sentada ao lado de Eugene. — Seu tio deve estar muito grato.

Eugene suspirou e passou a mão pelos cabelos claros.

— Sinceramente — rebateu ele —, não faço muito. Eu o visito em seu quarto, verifico se a enfermeira tem tudo o que ela precisa e depois saio.

— Ah, tenho certeza de que não está falando sério — disse a moça, rindo. — Aposto que você é um grande conforto para ele.

Ao ouvir aquilo, Eugene não tinha energia ou interesse para discutir com ela.

Seus verdadeiros sentimentos estavam escondidos. A verdade era que Eugene não conseguia entender por que seu tio queria viver o resto de seus dias em um quarto vago na casa do sobrinho, em vez de passá-los em sua própria propriedade rural majestosa.

Quando o jantar terminou, Eugene subiu em seu trenó. A neve em São Petersburgo havia transformado todas as estradas em caminhos reluzentes e congelados. O trenó de Eugene, puxado por cavalos, deslizou pela neve a caminho de outro encontro social.

Eugene entrou em um camarote particular no belo Teatro Mariinsky. Cada assento era ocupado por alguém importante na sociedade de São Petersburgo. Eugene acenou educadamente para as pessoas que ele conhecia na multidão.

Os amigos que o convidaram para o balé lhe deram tapinhas nas costas e o convidaram a sentar-se ao lado de uma jovem. Eugene sorriu, depois abriu seu programa e fingiu ler.

Não que a jovem não fosse simpática, interessante ou bonita. Era que Eugene estava constantemente cercado de moças simpáticas, interessantes e bonitas. Todas usavam vestidos caros e traziam diamantes brilhantes ou pérolas em volta do pescoço. Ele já tinha visto tudo isso antes.

Antigamente, Eugene gostava de dançar em bailes e conversar com as moças em jantares. Mas agora isso o entediava.

Eugene ficou grato quando as luzes do teatro se apagaram e ele pôde assistir ao balé em paz. Era uma apresentação que ele já tinha visto muitas vezes, em vários camarotes particulares diferentes.

Eugene soltou um grande bocejo. A jovem olhou para ele em choque. Eugene deve ter achado que a jovem ia pensar que ele era mal-educado, mas ele não era. E não se importou.

No intervalo, Eugene agradeceu aos amigos pelo ingresso e deixou o teatro discretamente. Mais uma vez, subiu em seu trenó e informou ao condutor o local do próximo convite. Ele se perguntava quantas noites passaria fazendo a mesma coisa, repetidamente.

CAPÍTULO DOIS

No dia seguinte, Eugene acordou na hora do almoço, como de costume. Sua cabeça parecia confusa e as pernas doíam de tanto dançar. Guillot entrou em seu quarto com um bule de chá fresco e um olhar preocupado no rosto.

Guillot era o criado de Eugene. Ele cuidava de tudo, desde as roupas de Eugene até a confirmação das datas dos jantares e a escolha dos convites.

Guillot conhecia Eugene desde menino, quando trabalhou com

o falecido pai de Eugene. Ele se importava e se sentia o protetor de seu jovem patrão.

Eugene, agradecido, pegou o chá e olhou para o rosto sério do criado.

— O que foi, Guillot? Aconteceu alguma coisa?

Guillot abaixou a cabeça. Seu cabelo estava ficando grisalho nas laterais, mas, apesar da idade, ele ainda era forte e competente.

— Receio ter más notícias para o senhor. Ontem à

noite, seu tio teve febre. Receio que ele estivesse fraco demais para lutar contra isso. Ele faleceu esta manhã. — disse com cuidado.

Eugene colocou as pernas para fora da cama e suspirou. Ele se sentiu triste e culpado por não estar ao lado do tio quando ele morreu.

Eugene passou os próximos dias organizando o funeral. Foi um grande evento, com muitos dos amigos de seu tio vindo para prestar suas homenagens.

Quando tudo acabou, Eugene foi visitado pelo advogado de seu tio, que lhe entregou uma carta.

Meu querido menino,

Se está lendo esta carta, significa que eu morri. Dei instruções ao meu advogado para entregá-la a você, meu único parente vivo. Estou lhe dando minha casa e minhas terras. Sei que você gosta da agitação de São Petersburgo, mas talvez venha a gostar do interior também. Há muitas fazendas em minhas terras que precisam de cuidado, e espero que estejam em boas mãos com você.

Afetuosamente,

Seu tio

Eugene sabia que ele era o parente mais próximo do tio, mas, de alguma forma, a ideia de herdar as  propriedades no interior ainda era um choque. Ele não podia imaginar estar no comando de todas as fazendas e dos trabalhadores que moravam nas terras, ou fazer parte da sociedade rural.

Por outro lado, Eugene pensou que isso talvez fosse exatamente o que ele precisava para escapar de seu estilo de vida atual. Ele chamou Guillot para começar a fazer as malas.

CAPÍTULO TRÊS

Eugene olhou para a grande mansão que o tio havia deixado para ele. Dava para ver que o lugar, um dia, fora uma casa maravilhosa, mas não mais.

As vidraças estavam rachadas e os ralos entupidos. Os jardins precisavam ser limpos e aparados e as madeiras tinham que ser pintadas.

Enquanto Guillot levava as malas para dentro, Eugene encontrou os poucos criados que cuidavam da casa.

Um velho mordomo explicou que, quando o tio de Eugene adoeceu, a maioria dos criados foi embora e a casa começou a desmoronar. O rapaz suspirou com a tarefa assustadora que tinha à sua frente.

Dentro da casa, os móveis estavam cobertos por grandes lençóis brancos. Eugene passou a cartola e as luvas para um criado e disse ao mordomo:

— É isso que vai acontecer. Você contratará empregadas novas para limpar cada quarto e pedirá aos criados que me tragam toda a papelada relacionada às fazendas do meu tio. Quer dizer, minhas fazendas. Meu criado, Guillot, dirá ao cozinheiro o que gosto de comer e quando gosto de comer. Agora, se puder me levar até a biblioteca, começarei meu trabalho.

O velho mordomo piscou os olhos arregalados. Ele nunca tinha recebido ordens de alguém tão jovem quanto Eugene antes. Pouco depois, ele pigarreou, limpando a garganta.

— Sim, sim, claro, senhor — disse ele, e bateu palmas para um criado, que correu para encontrar a papelada que Eugene queria. Então, ele estendeu o braço para mostrar a Eugene o caminho para a biblioteca.

Com o passar dos dias, Eugene lentamente começou a deixar a casa velha mais apresentável. Encomendou alguns móveis modernos em sua loja favorita de São Petersburgo. E providenciou para que os quartos fossem totalmente redecorados com um papel de parede novo e caro.

Mas, quando chegou às fazendas nas terras do tio, Eugene ficou em choque. Parecia que os agricultores trabalhavam da mesma forma havia centenas de anos. Não era a melhor maneira de fazer as coisas.

Certa tarde, uma semana depois de chegar à sua nova casa, Eugene chamou Guillot.

— Leve esses projetos a cada um dos agricultores — ele disse, entregando a Guillot um grosso arquivo de papéis. — Isso diz exatamente o que precisam fazer, o maquinário que precisam usar e as novas formas de agricultura. Diga-lhes que, se não colocarem as fazendas em ordem, podem sair e trabalhar em outro lugar.

Guillot hesitou na porta da biblioteca, onde Eugene passava a maior parte do dia.

— Senhor, se me permitir dizer uma coisa... Esses agricultores podem não concordar com seus projetos. As pessoas do interior estão acostumadas a um modo de vida menos moderno.

Eugene largou a caneta e olhou por uma das grandes janelas da biblioteca. Desde que chegara à casa velha, sentia-se um pouco melhor do que em São Petersburgo.

O interior era diferente da cidade, e ele estivera ocupado. Mas ele sabia que Guillot tinha razão. Os agricultores não ficariam felizes com ele.

— É para o bem deles, Guillot — respondeu por fim. — Uma vez que essas novas ideias forem implementadas, suas fazendas ganharão o dobro de dinheiro para eles e para mim. Eles não precisam gostar. Nem precisam gostar de mim. Mas devem seguir os projetos.

Ao sair, Guillot passou pelo mordomo, que carregava uma bandeja de prata cheia de cartas e cartões.

— Com licença, isso chegou para o senhor — disse o mordomo, deixando que Eugene pegasse a correspondência da bandeja antes de desaparecer novamente.

As cartas e cartões eram das famílias que moravam em propriedades próximas à de Eugene. Eles tinham ouvido falar do novo e jovem proprietário e queriam conhecê-lo. Eugene suspirava enquanto analisava cada convite.

E acabou escolhendo um convite da família que morava mais perto de sua propriedade. Os Larins estavam convidando Eugene para sua tradicional festa de primavera: um jantar e um baile para celebrar a primavera nas fazendas. Ele planejava ficar no máximo uma hora. Iria se apresentar aos Larins e seria educado, mas não esperava se divertir.

CAPÍTULO QUATRO

A casa dos Larins era grande e tradicional. Era muito maior que a de Eugene. Os jardins eram cheios de pequenas cercas vivas e roseiras. A entrada estava iluminada com grandes pilares que brilhavam quando a carruagem de Eugene chegou.

Mais uma vez, ele foi conduzido a um cômodo grande e reluzente, cheio de pessoas. Embora elas não estivessem tão elegantemente vestidas quanto as de São

Petersburgo, Eugene tinha que admitir, era um lugar agradável para se estar.

— Sr. Onegin, seja muito bem-vindo! — disse um homem mais velho. Ele tinha um rosto gentil, cabelos grisalhos e aparência inteligente. — Eu sou Dimitry Larin. Nós nos conhecemos no funeral do seu tio. Fui amigo dele por muitos anos.

— Obrigado pelo convite, sr. Larin — Eugene assentiu e agradeceu educadamente.

— Deixe-me apresentar minhas filhas — prosseguiu Dimitry, levando Eugene ao encontro de um grupo de jovens.

Eugene suspirou. Isso já havia acontecido com ele muitas vezes antes. Ele era jovem e rico, então estava sempre sendo apresentado à filha de alguém, na esperança de que se casassem. Mas Eugene não acreditava em casamento.

— Esta é Tatyana, minha filha mais velha, e Olga é minha caçula — disse Dimitry. Duas jovens deram um passo à frente e fizeram uma reverência. Olga olhou animada para o pai e para Eugene. Ela brincava com os cachos dos seus cabelos loiros e brilhantes e ria sempre que o pai dizia algo ligeiramente divertido.

Tatyana foi educada, mas não falou muito. Ela era mais alta que Olga, e seu cabelo escuro estava preso em

uma trança simples enfeitada com flores.

Dimitry Larin deixou o grupo de jovens para conversar. Foi então que um cavalheiro que estava ao lado de Olga se apresentou.

— Meu nome é Vladimir Lensky. É um prazer conhecê-lo.

Lensky era alguns anos mais novo que Eugene. Era alto, tinha os cabelos escuros e o rosto receptivo e amigável.

— Diga-me, Lensky — falou Eugene, olhando

ao redor da sala. — Onde alguém encontraria uma bebida em uma festa de primavera?

— Vou mostrar a você — respondeu ele, sorrindo e afastando Eugene da multidão e entrando em um cômodo pequeno e cheio de bebidas. — É sempre bom conhecer alguém com uma idade próxima à minha. O interior parece estar cheio de velhos!

Eugene olhou para Lensky. Ele parecia vivaz e inteligente.

— Como você passa seu tempo? — perguntou Eugene. — Quando eu tinha a sua idade, mudei-me para

São Petersburgo. É um lugar mais animado para um jovem.

— Sou poeta — respondeu Lensky. — Passo meu tempo escrevendo. Não posso me mudar para a cidade, pois não veria Olga todos os dias.

Lensky olhou para as meninas Larins, que agora dançavam.

— Ah — assentiu Eugene, sorrindo. — A jovem sente o mesmo por você?

Lensky sorriu, timidamente.

— Acredito que sim, senhor. Não demorará muito para nos casarmos.

Os dois conversaram durante a maior parte da noite. Embora

Lensky não fosse como os amigos
de Eugene em São Petersburgo,
ele se divertira com o jovem. Tinha
feito um novo amigo.

CAPÍTULO CINCO

Desde a noite da festa de primavera dos Larins, Lensky visitava a casa de Eugene com frequência. Ele vinha jantar e lia suas poesias para Eugene.

Mesmo que nem sempre concordassem em tudo, Eugene gostava da companhia do jovem. Lensky acreditava que o mundo era um lugar feliz e que a maioria das pessoas tinha o coração bom e gentil. Ele acreditava no amor verdadeiro e que todos tinham uma alma gêmea, perfeita para si.

Eugene costumava rir do ponto de vista de seu jovem amigo. Ele era alguns anos mais velho que Lensky e se sentia mais sábio. Era muito mais durão desde que seus pais morreram quando era criança.

Uma noite, os dois amigos decidiram dar uma volta no jardim de Eugene. Seus novos jardineiros tinham feito um belo trabalho ao deixar o jardim, anteriormente coberto de mato, bonito novamente depois de tantos meses de negligência.

— Quais são seus planos para amanhã? — perguntou Eugene.

— Vou visitar Olga — respondeu Lensky, com um sorriso.

— É a terceira vez esta semana! — rebateu Eugene.

— Falei com o pai dela. Em breve, vamos marcar uma data para o casamento.

Eugene parou de andar e olhou para seu jovem amigo.

— Por que todos os jovens precisam se casar?

— Por causa do amor! — Lensky exclamou. — Se você conhecesse melhor a Olga, entenderia por que eu a amo tanto. Venha comigo amanhã. Devo chegar à tarde para o chá.

Eugene concordou. Ele queria conhecer a garota que seu amigo apreciava tanto.

Eugene e Lensky estavam na saleta da casa dos Larins. Embora tivesse ido até lá para o baile, Eugene só vira a casa à noite. À luz do dia era ainda mais encantadora.

Olga e Tatyana entraram na sala, seguidas por uma enxurrada de criados carregando chá e bolo.

— Você trouxe o sr. Onegin! — exclamou Olga, batendo palmas.

— É bom vê-lo de novo — disse Tatyana, enquanto ajudava os criados a servir o chá.

Olga sentou-se diante de Lensky e começou a tagarelar sobre algumas fofocas que ouvira. Eugene tentou acompanhar a conversa, mas logo perdeu o interesse.

Ele tomou um gole de chá e olhou para as estantes que cercavam a sala.

— Você gosta de ler? — perguntou Tatyana, baixinho. — Quer que eu lhe mostre alguns dos nossos livros?

Eugene concordou. E teve que admitir estar agradecido a Tatyana por tirá-lo da conversa. Ele não tinha interesse nas fofocas da cidade.

— Minha irmã fica muito animada quando temos visitas — disse Tatyana enquanto caminhava com Eugene pelo salão. — Perdoe-a, por favor.

Eugene sorriu.

— Ela está animada com o casamento? — perguntou.

— Está — respondeu, pensativa, fazendo uma pausa. — Embora eu ache que ela esteja mais animada com o vestido! O material está vindo de Paris.

Eugene franziu a testa. Embora não quisesse se casar, até ele sabia que um casamento deveria ser mais do que um vestido bonito.

Pelo resto da tarde, Eugene aproveitou a companhia de Tatyana. Ele perguntou como sua família havia decorado a sala, e Tatyana lhe deu dicas ssobre os melhores

fornecedores de materiais e móveis da região.

Com o passar das semanas, cada vez que Lensky mencionava que ia visitar Olga, Eugene ia também. Enquanto Olga e Lensky se preparavam para o casamento, Tatyana mostrava a Eugene amostras de tecido para suas cortinas, ou um

livro que seu pai havia recomendado que ele lesse.

Embora gostasse de passar tempo com Tatyana, ele não pôde deixar de se preocupar com o comportamento de Olga. Ela falava de vestidos e bolos, joias e jantares requintados, mas cada vez que Lensky tinha uma ideia sobre o casamento, era ignorado. Eugene via que Olga mal notava quando Lensky estava na mesma sala.

CAPÍTULO SEIS

Uma noite, Eugene e Lensky tinham acabado de jantar na casa de Eugene quando ele perguntou:

— Está nervoso com o casamento?

Lensky balançou a cabeça:

— Não. Nunca esperei tanto por um dia! — ele respondeu. — Acho que Olga é a melhor mulher do mundo.

— Mesmo? — Eugene olhou confuso para seu amigo.

— Claro — disse Lensky, com o sorriso no rosto desaparecendo. —

Por quê? Você não gosta da Olga?

Eugene respirou fundo. Não queria ofender o amigo, mas também não mentiria.

— Você sabe minha opinião sobre casamentos. Mas pessoalmente acho que, se vai se casar, alguém como Tatyana seria uma parceira muito melhor.

Lensky se levantou da mesa e olhou para o amigo.

— Estou ofendido. Amo Olga com todo o meu coração.

Eugene se levantou, foi até o amigo e colocou a mão em seu braço.

— Peço desculpas, meu caro — disse ele calmamente. — Mas parece que ela está mais animada com o casamento do que em se casar com você.

Os amigos se entreolharam por um momento. Não era da natureza de Lensky ficar com raiva por muito tempo. Ele relaxou os ombros e riu um pouco.

— Claro, não deveria me surpreender o fato de que você pense que Tatyana é a melhor irmã — disse ele.

— Por que diz isso? — perguntou Eugene.

— É só o que se fala aqui no interior, que você está apaixonado por ela! — respondeu, feliz.

Eugene recuou, chocado. Ele odiava fofocas, principalmente quando eram sobre ele. Estava passando muito tempo com Tatyana e gostava da companhia dela. Mas não se tornaria como seus amigos chatos, com suas esposas e famílias. A verdade era que Eugene não achava que pudesse fazer alguém feliz. Ele lutava para encontrar alegria na maioria das coisas e acreditava que o casamento o tornaria mais infeliz.

Tatyana olhava pela janela de seu quarto, que dava para o jardim da casa. Assim, ela podia ver a chegada de alguém. Ela ansiava ver a carruagem de Eugene.

Tatyana nunca foi tão feliz como quando estava com Eugene. Ele era bonito, é claro, mas também era inteligente e calmo. Não era como os outros jovens que ela conhecia.

Olga havia contado a Tatyana que havia boatos sobre Eugene correndo pelaa região.

O boato era que Eugene estava apaixonado por Tatyana. A princípio, ela foi sensata o suficiente para ignorar fofocas não confiáveis. Mas, à medida que seus sentimentos por Eugene cresciam, ela começou a acreditar que poderia ser verdade. Ela sabia por Lensky que Eugene não passava tempo com nenhuma outra garota, e ele tinha acabado de completar 25 anos, a idade perfeita para um jovem se casar. Logo, tudo em que Tatyana conseguia pensar era em Eugene e no casamento.

Com o passar dos dias, ficou claro que não haveria visitas. Tatyana decidiu escrever uma carta para Eugene.

Meu querido Eugene,

Não o vemos em casa há alguns dias. Espero que esteja bem. Eu tive que escrever para expressar meus verdadeiros sentimentos. Não sei se sou corajosa o suficiente para falar sobre eles em voz alta.

Desde o dia em que o conheci, passei a gostar de você. Na verdade, agora sei que o amo. Gostaria de saber se você me ama também.

Lensky deve visitar Olga amanhã. Por favor, venha. Preciso saber como você se sente.

Afetuosamente,

Tatyana

CAPÍTULO SETE

Alguns dias depois, Tatyana mais uma vez olhou pela janela do quarto. E ficou animada quando viu uma carruagem ao longe. Mas sua animação rapidamente se transformou em preocupação quando viu Lensky e Eugene saindo da carruagem. Lensky parecia ser o de sempre, e feliz. Eugene, no entanto, tinha o ar sério e infeliz.

O olhar no rosto de Eugene fez o coração de Tatyana acelerar. Ele parecia zangado.

A verdade é que ela não suportaria saber que tinha sido sua carta que o deixara daquela maneira. Tatyana correu para o jardim em vez de cumprimentar Eugene e Lensky na saleta como costumava fazer. Suas mãos tremiam quando ela olhou de novo para a casa.

De repente, ela se sentiu muito boba por ter mandado uma carta para Eugene. Ela deveria ter ficado quieta. Tatyana brincou com sua longa trança e esperou em um banco ao fundo do jardim até ter certeza de que as visitas haviam saído.

Mas, quando voltou para casa, Tatyana deu de cara com Eugene.

— Recebi sua carta — ele disse. Seu rosto estava sério.

Tatyana ficou com muito medo de responder. Ver o rosto de Eugene a fez lembrar do quanto ela o amava.

— Temo que seja impossível — falou Eugene, dando um passo para

longe de Tatyana. — Não é da minha natureza amar alguém como meu amigo Lensky ama. Sou egoísta e faria você infeliz.

Tatyana deu um passo à frente e pegou o braço de Eugene.

— Não, não faria! — ela gritou. — Nós nos divertimos tanto quando estamos juntos!

— Eu não sou digno de você — replicou ele. — Você é muito bondosa e gentil para entender, mas eu não sou o homem certo para você.

Com isso, Eugene deixou Tatyana em lágrimas. Ele se recusou a voltar e olhar para ela, com medo de que pudesse mudar de ideia.

Eugene tinha sentimentos por Tatyana. Ele só era teimoso demais para admitir.

Eugene então parou de visitar a casa dos Larins. Ele passava os dias em sua casa, observando as estações mudarem da janela da biblioteca. Ele estava profundamente infeliz e decidira ficar sozinho para sempre. Por mais que gostasse de Tatyana, há tempos tinha decidido que não se casaria.

Na casa dos Larins, Tatyana estava arrasada. Desde aquele

momento no jardim, ela se sentia cada vez pior. Era difícil levantar-se de manhã. Felizmente, ela tinha o casamento da irmã para distraí-la.

Olga estava em cima de um banquinho em seu quarto experimentando o vestido de noiva. A costureira colocava alfinetes na bainha. Tatyana sorriu para sua linda irmãzinha.

— O que é isso? — perguntou, pegando uma pilha de envelopes da cabeceira da irmã.

— Ah, são poemas bobos de amor do Lensky — respondeu Olga, ajeitando a seda branca de suas saias.

— Eu nunca os li.

Tatyana franziu a testa.

— Por que não? Eles devem significar muito para ele.

— Ah, Tatyana — disse Olga, rindo. — Eu digo que são maravilhosos, e então ele fica feliz. Não importa se eu realmente os leio ou não.

Tatyana se sentiu mal por Lensky. Ele amava Olga, mas Tatyana não podia deixar de se perguntar se Olga sentia o mesmo.

A neve começou a cair fortemente naquela região do interior, ao redor de São Petersburgo. Lensky foi de trenó até a casa de Eugene. Eles não se viam mais tanto quanto antes.

Desde o dia em que Eugene falou com Tatyana no jardim dos Larins,

ele recusou todos os convites que recebeu. Lensky não conseguia entender por que seu amigo estava tão determinado a ser infeliz, mas tinha um plano que achava que o ajudaria.

Ele se sentou com Eugene perto da lareira em sua biblioteca. Parecia que Eugene não tinha dormido.

— Você precisa sair comigo — disse Lensky.

Eugene recostou-se na poltrona e olhou para o fogo.

— Por quê? Já fui a muitas festas. Muitos jantares. Muitos bailes. Achei que minha vida mudaria com a minha vinda para o interior. Mas continua igual. Continuo entediado.

Lensky ficou triste que o amigo se sentisse assim. Ele não pôde deixar de pensar que, se Eugene admitisse o que realmente sentia por Tatyana, ficaria feliz novamente.

— É aniversário de Tatyana. Dimitry perguntou se você irá até lá amanhã à noite. Será uma festa informal. Comida simples e alguns amigos.

Eugene se inclinou um pouco para a frente. Seu rosto suavizou.

— Tatyana sabe que fui convidado?

— Claro! — respondeu Lensky. — Ela ficaria feliz em vê-lo. Assim como Olga e eu.

CAPÍTULO OITO

Na noite do aniversário de Tatyana, Eugene se vestiu elegantemente, pegou um pequeno buquê com as flores favoritas de Tatyana e subiu em seu trenó. Esperava aproveitar a festa tranquila para voltar a ser amigo dela. Não queria se casar com ela, mas não conseguia imaginar não ver a jovem de novo.

Só que, enquanto seu trenó passava pela entrada coberta de neve da casa dos Larins, Eugene pôde ver que o evento era tudo, menos tranquilo. Havia muitos trenós estacionados do lado de fora e a casa estava iluminada e cheia de risadas. Eugene pôde ver mulheres em vestidos finos subindo as escadas até a porta da frente, o luar refletindo em seus diamantes.

Eugene vira isso muitas vezes. Aquilo era um baile e Lensky havia prometido a ele que o evento seria um jantar informal. Era tudo menos isso. Eugene jogou nos arbustos o buquê que estava segurando e pensou em voltar para casa.

Um baile era a última coisa que Eugene queria, com centenas de pares de olhos fofoqueiros observando tudo o que ele fazia. Lensky mentiu e o enganou para que viesse.

Eugene entrou no salão e contornou a pista de dança. Lensky estava com Olga, e Dimitry e Tatyana ao lado de uma mesa cheia de presentes. Lensky o chamou, sorrindo. Mas Eugene estava zangado demais para sorrir de volta.

— Meu querido rapaz! — disse Dimitry, dando um tapinha no ombro de Eugene.

— Faz tanto tempo que não o vemos!

Eugene não sabia o que dizer. Ele olhou para Tatyana e percebeu, horrorizado, que os olhos dela estavam cheios de lágrimas. Ela correu do salão de baile.

Eugene agarrou o braço de Lensky e o puxou para o lado. — Você me disse que seria um jantar informal — falou, cheio de raiva. — Disse que Tatyana sabia que eu viria quando ela claramente não sabia. Ela está chateada!

— Eu sabia que não viria se eu dissesse que era um baile — respondeu Lensky, calmamente. — Mas achei que seria bom para você se divertir um pouco.

Eugene sentiu a raiva borbulhar dentro dele.

— Você achou que seria divertido fofocarem sobre a minha vida? Achou que seria divertido fazer Tatyana chorar no aniversário dela?

Lensky balançou a cabeça.

— Lamento que ela tenha ficado chateada. Confesso que ela não sabia que você viria, mas não me arrependo de ter mentido. Você precisa sair mais e eu achei que Tatyana ficaria feliz em vê-lo. Está claro que vocês se amam.

Eugene olhou para o jovem amigo. Como Lensky teve a audácia de lhe dizer o que era bom para ele? Como se atreveu a mentir para ele e chateou Tatyana em seu aniversário?

Acima de tudo, como Lensky se atreveu a lhe dizer por quem ele estava apaixonado? Ele tinha feito Eugene se sentir um tolo. Além disso, Eugene sabia que havia alguma verdade no que Lensky havia dito, e isso o deixou ainda mais irritado.

A raiva de Eugene esfriou e ele começou a pensar com mais clareza em como se vingar de Lensky.

Então, ele se virou e foi até onde Olga estava assistindo à dança.

— Olga, você está muito bonita esta noite — disse Eugene, fazendo uma reverência e pegando sua mão.

— Dança comigo?

Olga olhou para Eugene. Ela não conseguia se lembrar se já

tinham se falado antes, mas ficou lisonjeada com sua atenção. Ela concordou e pegou a mão dele.

Pelo resto da noite, Olga não saiu do lado de Eugene. Quando Lensky tentou convidá-la para dançar ou sentar-se com ele, ela recusou educadamente e dançou com Eugene.

Embora fosse considerado errado dançar com um parceiro a noite toda, Eugene continuou pedindo para Olga dançar com ele, e Olga continuou dizendo "sim".

Tatyana não voltou para a pista de dança. E Lensky foi ficando cada vez mais irritado. Quando percebeu que Olga não ia dançar com ele, saiu furioso do baile.

No final da noite, Eugene beijou a mão de Olga e se despediu. Olga o observou sonhadora enquanto ele voltava para o trenó e partia.

Tatyana chorou até dormir. Ao longo das semanas, desde que se encontraram pela última vez, ela tentou não pensar em Eugene. A princípio, ela não queria comemorar seu aniversário, mas Olga estava determinada a ter um baile antes do casamento, então ela concordou.

Quando viu Eugene, os sentimentos que ela teve aquele dia no jardim, quando ele a rejeitou, voltaram à tona. Era demais vê-lo de novo. Tatyana se perguntou se algum dia ela deixaria de amá-lo.

CAPÍTULO NOVE

Quando acordou no dia seguinte ao baile de Tatyana, Eugene se sentiu mal. Ele não tinha dormido bem. Continuou imaginando o rosto de Tatyana enquanto ela corria para fora do salão em lágrimas. Também se sentiu mal por dançar com Olga a noite toda. Fez isso para se vingar de Lensky por mentir para ele.

Ele sabia qual era a única coisa que Lensky amava mais do que tudo no mundo, e tirou isso dele.

Eugene não havia se vestido adequadamente ainda quando ouviu uma batida à porta. O mordomo conduziu um jovem ao quarto onde Eugene estava tomando café da manhã. Eugene o reconheceu de sua temporada em São Petersburgo. Era um homem chamado Zaretsky.

Zaretsky era conhecido por se envolver em escândalos, mas geralmente não era o causador deles. Ele era famoso por organizar duelos para acabar com os escândalos.

— Zaretsky — disse Eugene, levantando-se da mesa. — Não é sempre que o vemos fora da cidade.

O rapaz abriu um sorriso malicioso. Ele tinha mais ou menos a mesma idade de Eugene e se vestia com as melhores roupas. Seus olhos estavam sempre um pouco cansados da festa a que tinha ido na noite anterior.

— Acho que pode adivinhar por qual motivo estou aqui — disse ele, entregando um envelope a Eugene.

Eugene pegou o envelope e sabia o que era antes de abri-lo. Era um convite para um duelo. E era de Lensky.

— Lensky está tão bravo que quer lutar comigo em um duelo? — perguntou Eugene.

— Correto. Recebi um mensageiro dele ontem à noite para organizar o duelo assim que pudesse. Ele me pediu para ser seu segundo em comando — explicou Zaretsky. — Amanhã, às oito horas, na extremidade do milharal dos Larins. Você aceita?

Eugene suspirou. Como seu jovem amigo podia ser tão estúpido? Lensky o ameaçou com um duelo simplesmente por dançar com Olga. Ele sentiu a raiva familiar crescer dentro do corpo.

— Muito bem. Se é isso que o garoto tolo quer.

— Excelente! Veremos você e seu segundo em comando no campo de duelo! — Zaretsky disse sorrindo.

Depois que Zaretsky saiu, Eugene voltou a sentar-se à mesa. Ele não tinha mais apetite para o café da manhã, e abriu o envelope que Zaretsky lhe dera.

> Por desgraçar a honra
> da minha amada Olga.

Eugene suspirou. Ele havia concordado com o duelo. Estava feito, e não havia como voltar atrás.

Lensky esperava ansioso do lado de fora da casa da família dos Larins. Precisava ver Olga antes do duelo com Eugene na manhã seguinte, caso acontecesse o pior e ele levasse um tiro.

O inverno russo estava chegando
e ele pulava de um pé para
outro para se aquecer. Por fim,
o mordomo dos Larins o deixou
entrar.

Olga estava conversando sobre o
bolo de casamento com a cozinheira
quando Lensky entrou na saleta.

— Ah, que bom, você está aqui!
— disse ela alegremente. — Acha
que devemos ter três camadas de
bolo ou quatro?

Lensky estava confuso. Ele
imaginou que Olga estaria
se sentindo mal por seu
comportamento no baile,
desesperada por seu perdão.

— Olga, preciso falar com você sobre ontem à noite — disse Lensky, sério. Olga olhou para ele, confusa.

— Ontem à noite? — ela perguntou. — Como assim? A minha noite foi simplesmente maravilhosa!

Lensky olhou para a cozinheira que ouvia cada palavra da conversa. Olga a dispensou, mas continuou rabiscando o desenho do bolo em um pedaço de papel.

— Olga, não vê como foi errado você e Eugene dançarem juntos a noite toda? — Lensky perguntou desesperado.

Olga riu.

— Ah, *isso*! — disse ela. — Eu o achei muito charmoso. Mas não acho que fiz nada de errado. Você faz um estardalhaço por uma bobagem dessas.

Lensky olhou para Olga. Talvez ela fosse muito nova e inocente para ver o dano que Eugene causara à sua reputação no baile. Isso o deixou ainda mais determinado a seguir em frente com o duelo.

Naquela noite, Lensky escreveu um poema final para Olga. Seria um poema para ela se lembrar dele, se o pior acontecesse na manhã seguinte.

CAPÍTULO DEZ

O chão estava duro e gelado. A grama estalava sob os pés dos quatro homens que estavam no milharal dos Larins. Zaretsky não estava feliz.

— Seu segundo deveria ser um cavalheiro. Um amigo, não um criado! — disse ele.

Eugene olhou para Zaretsky e Guillot, seu criado.

— Acredito que um segundo deve ser alguém que cuide de você, caso o pior aconteça. Guillot é a pessoa em quem mais confio neste mundo — explicou Eugene. — Se não gosta, cancele o duelo.

Zaretsky bufou. Ele já havia participado de muitos duelos e gostava de seguir as regras da forma correta. Primeiro, um desafio formal de duelo deve ser feito e aceito. Isso foi feito ontem. Depois, no dia do duelo, os segundos devem conversar para ver se a briga pode ser resolvida sem duelo.

Zaretsky e Guillot se encontraram no espaço entre os dois jovens.

— Meu mestre reconhece que não deveria ter dançado com a moça por tanto tempo — disse Guillot.

— No entanto, meu mestre também acredita que a moça em questão não se importa o suficiente com o sr. Lensky para notar. Ele acredita que está desperdiçando seu amor com ela.

— O quê? — gritou Lensky cada vez mais nervoso. — Como se atreve!

Lensky não conseguia identificar se estava zangado porque seu amigo tinha sido mal-educado com Olga, ou se era porque, lentamente, ele foi percebendo que Eugene tinha razão.

— Acho que não vamos resolver isso, cavalheiros — disse Zaretsky, esfregando as mãos. — Hora de duelar.

Zaretsky e Guillot se afastaram enquanto Lensky e Eugene ficavam de costas um para o outro.

— Dez passos e saquem a arma! — gritou Zaretsky. Cada homem começou a se afastar um do outro, deixando pegadas no gelo.

Um, dois, três quatro, cinco, seis, sete, oito, nove, dez!

Dois tiros foram disparados, mas apenas um homem foi atingido. Lensky caiu ao chão.

Eugene largou a pistola e correu na direção ao amigo. Tarde demais.

CAPÍTULO ONZE

Quando Lensky morreu, Eugene ficou cheio de culpa. Ele disse a si mesmo repetidamente que deveria ter ignorado o duelo. Deveria ter falado com seu jovem amigo antes para impedir que aquilo acontecesse. Ele não deveria ter dançado com Olga aquela noite no baile.

Eugene não saiu de casa por semanas. Ele não iria ver ou falar com ninguém. Com o passar do tempo, ele não suportava estar nos cômodos onde havia passado muitos momentos agradáveis com Lensky e Tatyana. Imaginou-os à sua mesa de jantar, passeando pelos jardins ou sentados junto à lareira.

Um dia, Eugene pediu a Guillot para fazer as malas e partiu. Não disse a ninguém para onde estava indo, ou quando voltaria.

Olga ficou de luto por Lensky até a primavera. Estava triste, mas principalmente zangada por ele ter sido tão tolo a ponto de entrar em um duelo. Era costume os noivos usarem preto e não comparecerem a festas ou bailes por pelo menos seis meses, mas quatro meses depois da morte de Lensky, Olga ficou noiva novamente. Ela se casou com um importante oficial do exército russo e finalmente teve o casamento dos seus sonhos.

Isso deixou Tatyana sozinha com os pais no interior. Depois do casamento da irmã, Tatyana andava pelos jardins e se lembrava com

tristeza dos dias que passou com
Eugene e Lensky.

O inverno estava chegando
mais uma vez. Eugene ficou fora
por quase um ano. Olga construiu
sua própria mansão em São
Petersburgo, e os Larins decidiram
visitá-la.

— Ficaremos com Olga até depois
do Natal — declarou Dimitry. —
Ela fez muitos novos amigos, então
haverá muitas pessoas com quem
conversar.

Tatyana sorriu. Parte dela
estava animada para visitar São

Petersburgo e sentia falta da irmã. Mas havia uma coisa que Tatyana queria fazer primeiro.

E perguntou ao velho mordomo de Eugene se ela poderia procurar um livro que havia emprestado ao sr. Onegin. Na verdade, ela queria ver a casa uma última vez. Tatyana vagou pelos cômodos vazios. Uma vez, ela se imaginou casada com Eugene e morando lá. Imaginou o que faria com cada cômodo. As festas que daria para todos os seus amigos.

Eugene não se despedira quando partiu de sua casa de campo.

Tatyana tinha ouvido a novidade de uma de suas empregadas. Andar pela casa dele era sua maneira de se despedir dele.

Lentamente, Tatyana voltou para a porta da frente. Ao sair para o ar fresco e frio, Tatyana finalmente se sentiu capaz de seguir em frente.

CAPÍTULO DOZE

Olga gritou quando a carruagem dos pais parou na frente de sua mansão de quatro andares. Ela voou escada abaixo e abraçou os pais e a irmã. Antes de chegarem à porta da frente, Olga lhes contou todos os planos que tinha para a visita.

— Temos vinte pessoas vindo para o Natal! — contou Olga. — Muitos oficiais e suas esposas e filhos. A casa vai ficar cheia!

Tatyana sorriu para a irmã. Era difícil acreditar que um ano atrás ela estava vestida toda de preto, após a morte de Lensky.

A casa era exatamente como Tatyana imaginara, cheia de móveis e lustres caros. A sala tinha poltronas e sofás confortáveis e a sala de jantar podia acomodar até quarenta pessoas.

— Minha irmã — disse Olga, sentando-se junto à lareira, — você gostaria de se casar?

Tatyana, pensativa, tomou um gole de chá.

— Talvez um dia — ela respondeu. — Meu coração foi partido, mas pode ser consertado.

Olga bateu palmas. Com seus

próprios sonhos de casamento realizados, ela estava ansiosa para começar a planejar outro.

— Bem, então, precisamos ver quem podemos encontrar para você!

Tatyana passou as semanas seguintes indo alegremente a bailes, festas, peças de teatro e jantares. Os novos amigos de sua irmã eram animados e divertidos. Eles também eram sofisticados. Tatyana discutia arte e política; assuntos que ela era muito tímida para falar com Eugene.

— Sua irmã é tão inteligente! — disse uma das novas

amigas de Olga enquanto tomavam o chá da tarde em um dos cafés mais elegantes de São Petersburgo.

— Ah, eu sei! — disse Olga. — Ela leu vinte vezes mais livros do que eu.

Tatyana sorriu e gostou do elogio. Ela sentiu que estava lentamente se transformando perto dessas novas pessoas, de uma garota tímida em uma jovem confiante.

O Natal foi tudo o que Tatyana pensou que seria. Olga era uma anfitriã perfeita e nunca parava de entreter seus convidados. Os cômodos estavam cheios de oficiais, amigos do marido de Olga. A maioria tinha filhos, mas havia um que veio sozinho.

Era um general do exército muito respeitado. Era um pouco mais velho que Tatyana e tinha um bigode elegante e olhos castanhos amigáveis.

Depois de um grande jantar de Natal, Tatyana sentou-se perto da lareira na sala de estar, conversando com alguns amigos de Olga. Ela notou o general na porta. Ele parecia estar olhando na sua direção. Logo, ele se aproximou.

— Com licença, senhoritas — disse educadamente, com uma pequena reverência. — Posso ter a honra de falar a sós com a srta. Larin?

As outras mulheres desapareceram, sussurrando e rindo. Tatyana sorriu enquanto ele se sentava.

— Que bom finalmente ter a chance de falar com você — disse o general.

CAPÍTULO TREZE

Eugene retornou a São Petersburgo na primavera seguinte. Ele esteve viajando pelo sul da Rússia e pela Itália por mais de um ano. Visitou belas galerias e catedrais famosas, mas sentiu falta de sua casa. No entanto, ainda não conseguia encarar a volta para sua casa no campo. Tudo o fazia lembrar de Lensky ou Tatyana.

Guillot preparou a antiga casa de Eugene em São Petersburgo para que parecesse que ele nunca tinha ido embora. Eugene achou que passar um ano viajando o ajudaria a se sentir melhor, mas isso não aconteceu. Ele olhou para sua antiga casa, a rua lá fora e a pilha de convites em sua mesa e sentiu o mesmo que dois anos atrás: entediado. Mas agora ele sentia

a culpa de tirar a vida de seu melhor amigo também.

Eugene decidiu que iria a um baile. Se não saísse, passaria a noite pensando em como estava infeliz. O baile tinha sido organizado por um velho amigo de seu tio e estaria cheio das pessoas mais elegantes de São Petersburgo.

Como de costume, ao chegar naquela noite, entregou seu casaco a um criado e tomou uma bebida. Ele sorriu e conversou com velhos amigos e contou histórias de suas viagens.

De repente, ele notou um pequeno grupo reunido ao redor de uma lareira. Uma daquelas pessoas era

Olga Larin, rindo alto como sempre fazia. Lá, sentada ao lado dela, estava Tatyana.

Eugene ficou em choque com sua transformação. Ela não usava mais o

cabelo em uma longa trança. Em vez disso, tinha feito um coque elegante. Estava usando um vestido refinado e tinha um olhar calmo e feliz no rosto. E estava mais bonita do que nunca.

Ele esperou até que Tatyana estivesse sozinha.

— Olá — disse. Tatyana o encarou por um momento como se ele fosse um fantasma. Então seu rosto relaxou.

— Olá, Eugene! Há quanto tempo. — Eugene concordou.

— Acabei de voltar de algumas viagens — explicou ele. — Lamento não ter me despedido quando parti do interior. Eu não podia encarar o que fiz com Lensky. Tive que fugir.

Lembrando-se do terrível duelo, Tatyana não conseguiu olhar nos olhos de Eugene.

— Como está sua irmã? — perguntou Eugene.

— Ela está muito bem. Casou-se — respondeu Tatyana.

Foi então que Eugene notou o anel no dedo de Tatyana. Ela também tinha se casado.

— Você se casou? — ele perguntou, com seus olhos queimando nos dela.

Tatyana assentiu alegremente.

— Sim — respondeu ela. — Com um general do exército. Estamos casados há um mês.

A princípio, Eugene não conseguiu assimilar a informação. Depois ele sentiu o peito apertar e as mãos começarem a tremer.

— Parabéns — disse Eugene, com a voz trêmula. — Se me der licença, preciso ir.

— Espere! — gritou Tatyana. —

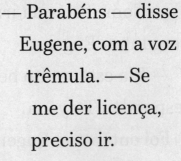

Aqui está meu endereço. Eu moro em São Petersburgo agora. Seria ótimo vê-lo novamente.

Tatyana entregou a Eugene um pequeno cartão com seu nome e endereço e ele fugiu do salão de baile.

CAPÍTULO CATORZE

Naquela noite, Eugene decidiu escrever uma carta para Tatyana. Ele tinha cometido muitos erros em sua vida, mas agora percebeu que o principal tinha sido com Tatyana.

Ele se recusou a amá-la porque tinha medo de fazê-la infeliz. Temia que eles se transformassem em um casal entediante. Agora ele via que Tatyana era a única pessoa que poderia tê-lo feito feliz.

Ele escreveu a carta e pediu a

Guillot que a entregasse naquela
mesma noite.

Minha querida Tatyana,

Ver você esta noite pareceu como uma
cortina sendo aberta diante dos meus olhos.
Percebo agora que nunca deveria ter recusado
seu amor. Eu sempre a amei. Talvez, se eu
tivesse admitido meus sentimentos, Lensky
não tivesse morrido e estaríamos juntos.

Eu sei que agora você está casada, mas, em
vez disso, gostaria que houvesse uma maneira
de estarmos casados. Diga ao general que
mudou de ideia. Diga a ele que você me
ama.

Por favor, responda depressa,

Eugene

Tatyana não respondeu à carta de Eugene. E não respondeu à segunda, nem à terceira. Todas as manhãs, Eugene esperava o correio chegar. Como sempre, haveria convites para jantares e festas, mas nada de Tatyana.

Depois de três semanas, Eugene não aguentou mais. Ele esperou do lado de fora da casa de Tatyana até ter certeza de que o general não estava lá. Então bateu à porta e exigiu ver Tatyana.

Ele a encontrou em prantos, com suas cartas no colo.

— Minha querida Tatyana! — disse ele, ajoelhando-se ao lado dela. — Eu não queria fazer você chorar. Mas devo lhe dizer como me sinto. Eu gostaria de poder voltar no tempo, para aquele verão no jardim. Agora sei que não posso amar mais ninguém além de você.

Tatyana suspirou e olhou para Eugene. Suas lágrimas pararam de cair e ela se levantou, deixando as cartas caírem no chão.

— Não é justo — disse ela. — Demorei meses para deixar de amá-lo. Justo quando comecei a me sentir feliz, aqui está você de novo.

— Você parou de me amar? — perguntou Eugene.

Tatyana balançou a cabeça.

— Não. Claro que ainda o amo. Por isso não pude responder às suas cartas. Se eu respondesse, estaria traindo meu marido. Sou casada com um homem bom e gentil. Ele não merece isso.

— Mas agora podemos ficar juntos! — exclamou Eugene. Por um breve momento, Eugene pensou que poderia finalmente ser feliz: Tatyana ainda o amava.

— Não — disse Tatyana. — Não podemos.

Ela tirou um lenço do bolso e enxugou os olhos. Depois ajeitou o cabelo e o vestido.

— Estou casada com outra pessoa. É tarde demais.

Você errou em dizer que me ama. Agora, acho que está na hora de ir embora.

Eugene se afastou de Tatyana e saiu de sua casa, assim que o general voltou.

Guillot serviu o jantar para Eugene enquanto ele estava sozinho em seu quarto. Havia perdido Tatyana para sempre, e tudo por culpa dele.

— Senhor, permite que eu lhe diga uma coisa? — começou Guillot. — Algo que talvez um criado não devesse dizer.

Eugene acenou com a mão.

— Se precisa — disse ele, cutucando a comida com um garfo.

— O senhor passou por muita coisa nos últimos anos — falou Guillot. — Acho que concordaria que não foi gentil consigo mesmo ou com os outros.

Eugene sentou-se e olhou para o criado.

— Mas o senhor ainda é jovem — continuou Guillot. — Tem uma longa vida pela frente. Aprenda com o que aconteceu. Não deixe que isso o frustre.

Guillot fez uma pequena reverência e saiu do quarto de Eugene.

Nos meses que se seguiram, Eugene se lembrou das palavras de Guillot. Aos poucos, foi se sentindo melhor. Eugene finalmente percebeu

o que era amar alguém. Era um
sentimento maravilhoso.

Eugene prometeu a si mesmo,
depois de tudo que viveu, que nunca
mais deixaria passar uma chance
de amor. Ele verdadeiramente tinha
aprendido que o amor sempre merece
uma chance.

Ilya Oblomov devia ser a pessoa mais feliz de São Petersburgo. É dono de uma casa elegante, de grandes propriedades rurais e recebe inúmeros convites para jantares chiques e bailes glamorosos. Mas Oblomov acha todas as coisas difíceis. O mundo exterior o sobrecarrega. Até pensar nisso o deixa exausto! Ele preferia ficar dentro de casa, em sua cama quente e confortável. Alguns amigos até já cansaram de convidá-lo para sair. Um dia, em um raro momento fora de casa, ele conhece Olga e começa a se sentir diferente.

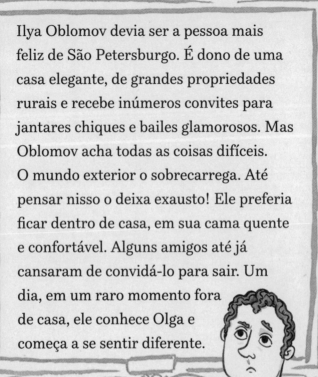

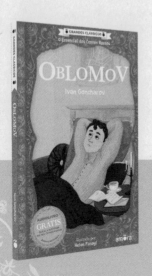

Será que Oblomov vai encontrar a energia de que precisa para viver uma vida feliz ou perderá tudo... inclusive o amor de sua vida?